Entoure le paresseux qui ne dort pas.

Aide ce bébé flamant rose à rejoindre sa maman.

Lequel de ces crocodiles a un frère jumeau ?
Entoure le crocodile qui apparaît plus d'une fois.

Et si tu donnais à manger à ces pandas ?
Regarde bien les dés et dessine
le bon nombre de feuilles de bambou.

Relie chaque cactus à son ombre.

À toi de retrouver les trois pièces de puzzle manquantes.

À toi de dessiner la deuxième moitié de cet ananas !

Relie chaque groupe d'oiseaux au chiffre correspondant.

1

2

3

Retrouve les 5 différences entre ces deux dessins
et marque-les d'une croix.

Relie chaque léopard à son ombre.

Termine ce sudoku. Chaque dessin ne peut apparaître qu'une seule fois dans chaque grand carré, chaque rangée et chaque colonne.

Ce koala veut offrir des fleurs
à son ami. Aide-le à traverser
ce labyrinthe en récupérant autant
de fleurs que possible.

Complète ces suites logiques en recopiant le bon dessin.

Relie les bananes aux singes pour que chacun
d'eux ait le même nombre de bananes.

Retrouve les 6 différences entre ces deux dessins
et marque-les d'une croix.

Tous ces animaux partent se balader. Veille à ce que chaque bébé reste près de sa maman en le reliant à elle.

À toi de retrouver les trois pièces de puzzle manquantes.

Entoure le cactus qui n'apparaît qu'une seule fois.

Suis les lignes et découvre lequel de ces oiseaux
pourra manger tous ces délicieux fruits.

Voici super-croco ! À toi de dessiner un grand méchant qu'il va pouvoir combattre.

Dessine à chacun de ces ananas un visage rigolo, des bras et des jambes.

À toi de retrouver ces différentes combinaisons dans la grande grille !

Aide ce bébé toucan à rejoindre sa maman. En chemin, récolte le plus de bananes possible.

Retrouve ces combinaisons dans la grande grille !

Observe bien la scène. Combien de fois chaque dessin en bas de page apparaît-il ? Colorie le bon nombre de bulles.

Ces avocats font des exercices ! Dessine le bon avocat pour terminer chacune des suites logiques.

Relie chaque dessin
à l'ombre correspondante.

De qui ce panda est-il amoureux ?
Tu le découvriras en suivant les lignes.

Combien y a-t-il de papillons dans chaque groupe ? Relie-les au dé correspondant.

Dessine de drôles de coiffures à ces cactus.

À toi de retrouver ces différentes combinaisons dans la grande grille !

Monsieur paresseux aime se relaxer sur la plage. À toi de retrouver son ombre.

Retrouve les 5 différences entre ces deux dessins
et marque-les d'une croix.

Complète ce jeu de dominos
en recopiant les bons dessins.

Cette chauve-souris a bien envie de dormir un peu elle aussi. Et si tu l'aidais à rejoindre son amie ?

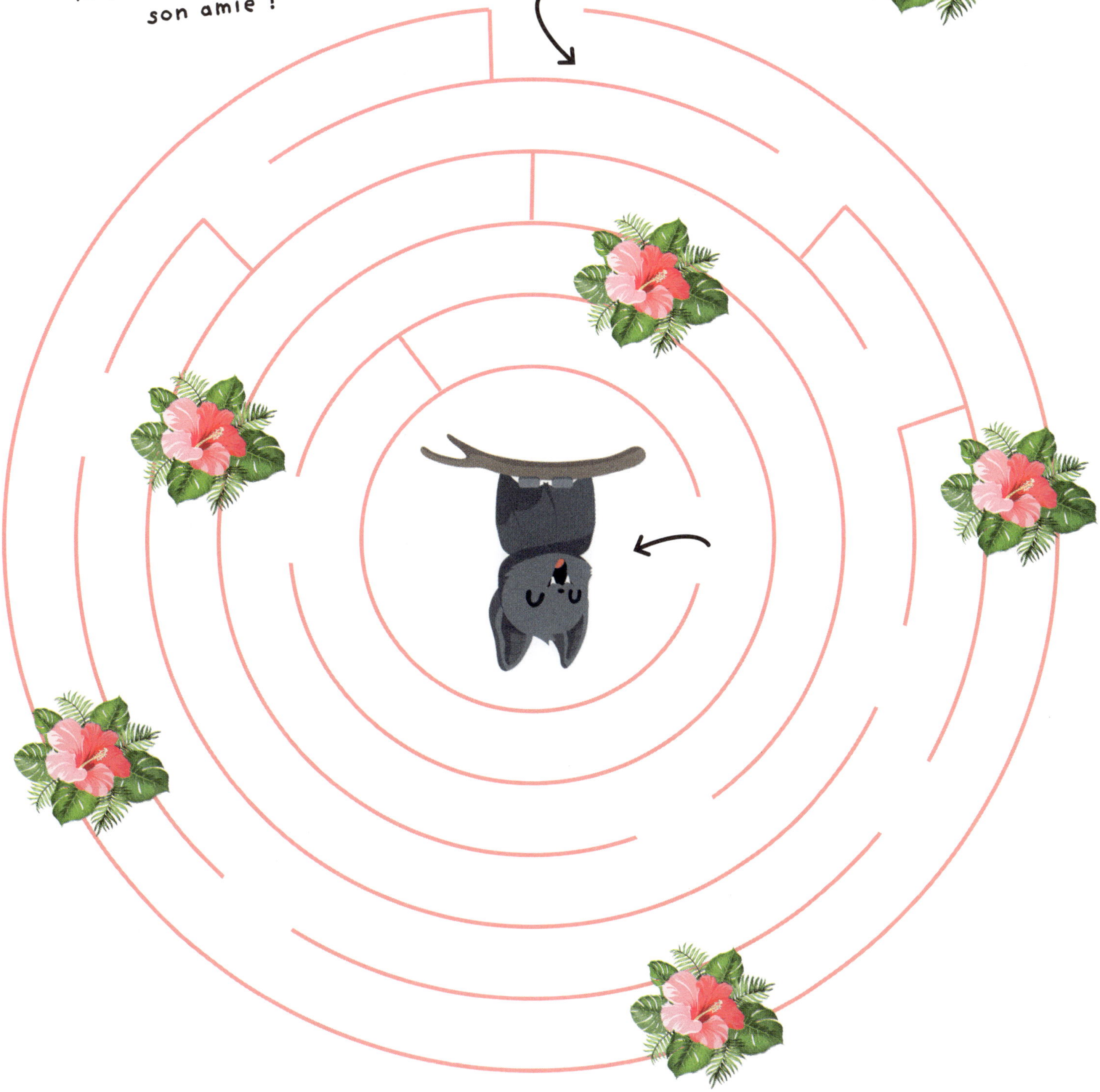

Lequel de ces lamas va recevoir des cadeaux ? Suis les lignes pour le découvrir.

Relie chaque ananas à son ombre.

À toi de relier ces fleurs aux colibris. Mais attention,
chaque oiseau doit en butiner le même nombre !

Ce lémurien n'a pas l'air
très content. À toi de
dessiner ce qui l'embête.

LU	MA	ME	JE	VE	SA	DI
						?

Monsieur Crocodile a un loisir différent pour chaque jour de la semaine.
Mais que fait-il le dimanche ? Observe bien les images ci-dessous.

Relie chaque singe à son ombre.

Termine ce sudoku. Chaque dessin ne peut apparaître qu'une seule fois dans chaque grand carré, chaque rangée et chaque colonne.

À toi de retrouver ces différentes combinaisons dans la grande grille !

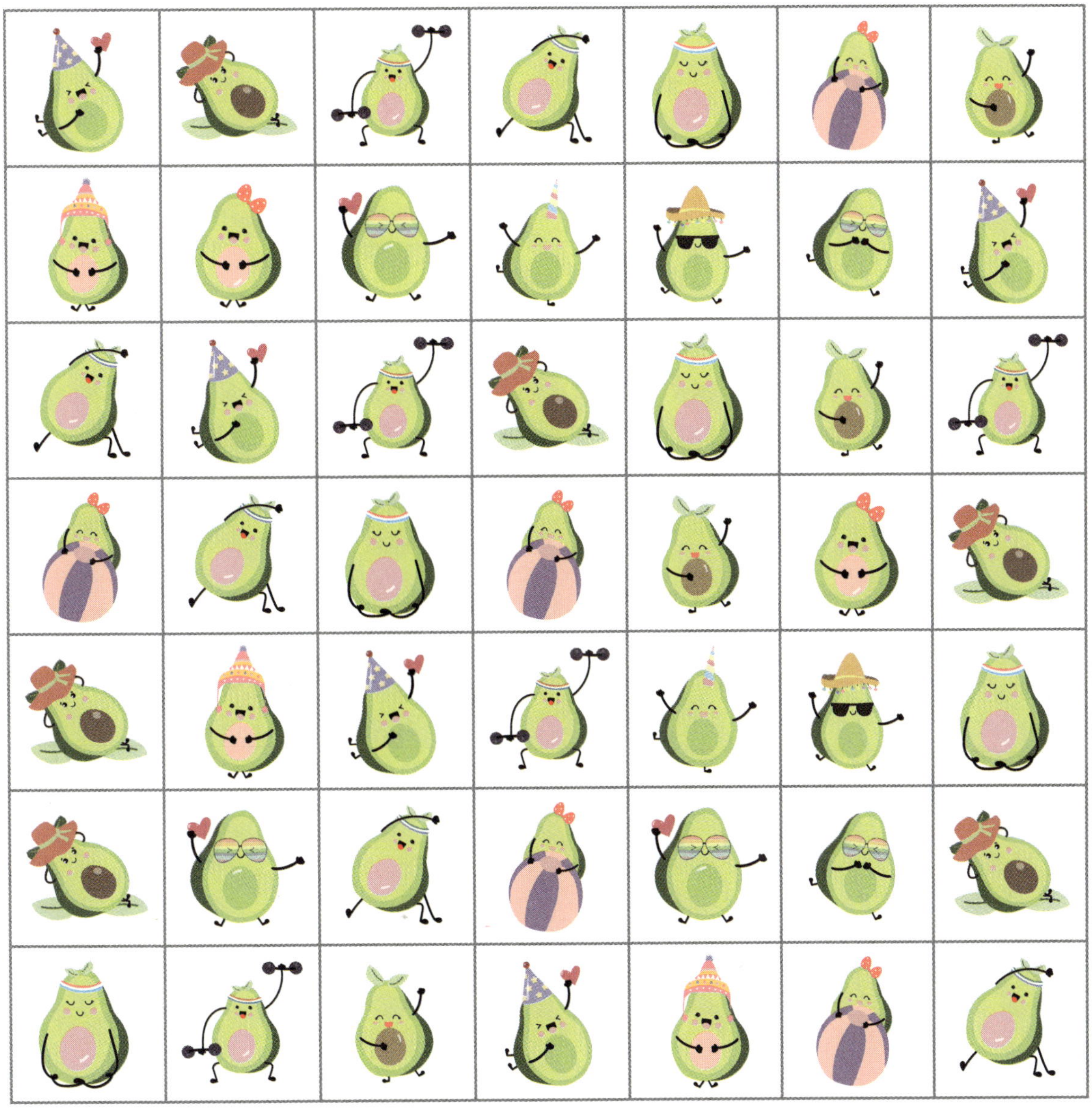

Ces caméléons ont terriblement faim. À toi de dessiner
le bon nombre de mouches à côté de chacun d'eux.
Observe bien le chiffre indiqué sur les dés.

Entoure le flamant rose qui n'apparaît qu'une seule fois.

Combien de fois chaque animal en bas de page apparaît-il dans la scène ? Colorie le bon nombre de bulles.

Aide cette petite tortue à rejoindre sa maman.

Qui a déjà croqué dans sa pastèque ? Pour le découvrir, suis les lignes.